TAPISSERIES ANCIENNES

MEUBLES ET OBJETS D'ART

VENTE POUR CAUSE DE DÉPART

DE

Madame C***

TAPISSERIES ANCIENNES

Meuble de Salon

CONSOLES — MARBRES — CANDÉLABRES

DONT LA VENTE AURA LIEU A PARIS

HOTEL DROUOT, SALLE N° 11

LE MERCREDI 29 JANVIER 1913

a quatre heures

COMMISSAIRE-PRISEUR	EXPERT
M° ROBERT BIGNON	**M. CAILLOT**
41, rue de la Victoire	52, rue de la Victoire

EXPOSITIONS

PARTICULIÈRE	PUBLIQUE
LE MARDI 28 JANVIER 1913	**LE MERCREDI 29 JANVIER 1913**
De 1 heure 1/2 à 6 heures	*De 1 heure 1/2 à 4 heures*

CONDITIONS DE LA VENTE

Elle sera faite au comptant.

Les adjudicataires paieront *dix pour cent* en sus des enchères.

L'exposition mettant le public à même de se rendre compte de l'état
et de la nature des objets, il ne sera admis aucune réclamation une fois
l'adjudication prononcée.

Paris. — Imp. de l'Art, ch. Berger, 41, rue de la Victoire.

DÉSIGNATION

1 — Paire de grands candélabres à neuf lumières, disposés pour l'électricité ; en bronze ciselé doré ; Faune et bacchante supportant les branches. Style Régence.

Haut.. 68 cent.

2 — Deux bustes d'enfants en marbre blanc. Socles carrés en bronze et marbre.

Haut.. 42 cent.

3 — Grand buste de femme en costume décolleté en marbre blanc. Socle rond.

Haut.. 75 cent.

4 — Deux consoles d'applique, de forme demi-lune, avec ceintures ajourées, en bois sculpté doré, de style Louis XVI. Dessus de marbre blanc.

Haut.. 92 cent. ; larg.. 80 cent.

5 — Meuble de salon, composé d'un canapé et quatre fauteuils, en bois sculpté doré, de style Louis XVI, recouverts de tapisseries modernes représentant des jeux d'enfants, sur les dossiers et sur les sièges des animaux : Fables de La Fontaine.

6 — **Grand panneau en ancienne tapisserie d'Aubusson,** avec personnages et animaux représentant :
Le Jeu de la main chaude. Jolie composition d'après
LANCRET. Bordures avec rinceaux de fleurs et coquilles
aux angles. XVIIIᵉ siècle.

Haut., 2 m. 70 cent.; larg., 5 m. 25 cent.

N. 7

7 — **Grand panneau en ancienne tapisserie d'Aubusson** en trois morceaux : Sujet pastoral d'après
TENIERS, composé de onze personnages et animaux :
repas champêtre, danseurs et violoneux. Bordures de
rinceaux de fleurs. Cette tapisserie du xviiie siècle
est complète.

Haut., 2 m. 70 cent.: larg., 5 metres.

8 — Petite portière en ancienne tapisserie d'Aubusson : Verdure avec bordures simulant un cadre. xviii° siècle.

Haut., 2 m. 80 cent.; larg., 1 m. 15 cent.

9 — Petit panneau de tapisserie formant portière : Pastorale composée de deux personnages et animaux. Bordures en haut et en bas. Aubusson, xviii° siècle.

Haut., 2 m. 70 cent.; larg., 1 mètre.

10 — Panneau en ancienne tapisserie d'Aubusson. Sujet pastoral dans la manière de HUET : *Le Tir à l'arc et enfant sautant à la corde*. Bordures de rinceaux de fleurs et coquilles aux angles. xviii° siècle.

Haut., 2 m. 70 cent. ; larg., 2 m. 40 cent.

11 — Tapisserie avec nombreux personnages ; composition tirée de l'Histoire romaine. Bordures avec attributs guerriers. Manufacture d'Aubusson, de l'époque Louis XIV.

Haut., 2 m. 80 cent. ; larg., 3 m. 15 cent.